산 아래 집 짓고
새벽 별을 기다린다

산아래 집 짓고
새벽 별을 기다린다

김양수

예
숲

고향 여귀산으로 돌아와 집 짓고 산 지 벌써 다섯 해째다.

어린 날 이 산은 높고 웅장했었는데 지금은 어머니 품 속처럼 한없이 포근하고 편안하다.

이렇게 세월 지나 이 산 속에 앉아 그림도 그리고 농사도 짓는 일상 누리고 있으니 얼마나 큰 행복함인가.

잡고 있던 붓을 놓고 텃밭에 나가 푸성귀 챙겨 혼자만의 밥상 차리는 일도 기쁨 중에 하나다.

그 밥상 사진 찍어 아는 시인에게 보냈더니 "어허 수행자 공양상이구만" 하며 웃는다.
그렇다
그림도 농사도 수행이다.
수행자의 마음을 놓치면 그림도 농사도 그르치고 만다

요즘 수행자의 정진심 놓치지 않는 것이 화두가 됐다.

그리하여 마음 속에 화엄세상 여는 것을 발원으로 삼고 있다.
모든 것이 청정하고 아름다운 곳, 그 화엄세상을 내 그림 속으로 옮겨 놓기 위해 끊임없이 나를 본다.

밭에 나가 흙을 만지기도 하고, 숲속의 나무들을 안아주기도 하고, 새들 소리에 귀를 기울이기도 하고 개울가 샘물에 비친 하늘을 보기도 하고…

어느새 붓을 들고 화선지 앞에 앉아 있는 나를 스스로 토닥이며 미소한다.

이견토굴
김양수

고요한 깨달음의 공간을 펼친 작가 김양수

이일영(칼럼니스트)

중견 한국화가 김양수 작가의 시화집『산 아래 집 짓고 새벽별을 기다린다』출판과 함께 기념 전시가 열린다.

김양수 화백의 작품에는 세상의 자연과 하늘 저편 어딘가에 떠내려가는 구름이 하나로 어우러져 깊은 울림을 담은 풍경을 이루고 있다. 필자는 작가의 작품을 대할 때마다 작가의 내면에 담긴 깊숙한 사유의 철학이 그림의 주제인가? 아니면 그 이상의 의미를 담고 있는가에 대하여 늘 고심한다.

먼저 회화적 관점에서 작가의 작품을 헤아리면 그림의 정적인 아름다움이 쉽게 다가온다. 작가의 작품을 구성하고 있는 각각의 요소들은 고요한 조화를 이루어 완벽한 균형을 이루고 있다. 원초의 시간성을 의미하는 바위의 단단함과 세상의 변화를 품은 물결의 부드러움이다.

이어 신성한 쪽빛으로 물든 하늘에 세상을 흐르는 바람의 흔들림이 맑은 얼굴을 씻은 순결한 시어로 걸려있다. 이와 같은 작가의 집중과 의도는 세상 모든 것이 서로를 보완하며 아름다운 조화를 이루고 있다는 깊은 사유의 철학에서 비롯된 것이다.

이는 자연 자체가 선禪과 같은 수련의 의미를 품은 것으로 그려낸 작가의 심중한 의식으로 헤아려진다. 이러한 관점에서 중요한 것은 작가의 그림이 담고 있는 깊은 사유의 메시지이다.

세상의 땅과 바위는 우리에게 고요함과 굳은 결의를 상기시킨다. 흐르는 물의 유동성은 변화와 함께 흐름의 중요성을 의미한다. 마침내 푸른 쪽빛 하늘과 맑은 구름은 우리의 마음이 언제나 자유롭고 넓게 펼쳐져야 한다는 것을 담고 있다

이 모든 것은 자연의 지혜를 상기시키면서 인간의 삶이 더 깊고 의미 있는 방향으로 펼쳐져야 한다는 것을 의미하고 있다. 이러한 관점에서 볼 때 작가의 작품은 단순히 자연의 아름다움을 그려낸 것이 아닌 깊은 사색과 성찰의 공간을 제공하고 있다. 예술이 가진 참된 가치를 품고 있다.

김양수 작가의 작품은 고요함과 깨달음의 중요성을 일깨우며 세상 모든 소란을 비켜 가며 우리의 삶에 내면의 평화를 찾는 지혜의 공간을 펼친 진정한 예술 작품이다.

차례

/

제2부

제1부

—

보이지 않는 길

바람은 보이지 않는 길을 간다
꽃향기도 보이지 않는 길을 간다

나는
있는 길도 보지 못하고 헤매는데

보이지 않는 길 | 화선지, 수묵, 채색 35.0 x 21.5cm, 2024

내 자리

바람결에 실려왔고
바람 멈춘 이 자리에 뿌리내리고
한 생을 살아간다

한뼘의 햇살에
한줌의 바람에
쓰다듬는 손길에
감사하며 깨닫는다

서 있는 이 자리가
본래 내 자리인 것을

내 자리 | 화선지, 수묵, 채색 45.5 x 35.0cm, 2024

보리밭

새벽공기 가르는 새소리들이
보리밭에 떨어진다

굽은 지팡이에 의지하며 휘적 휘적
보리밭으로 향하시던 어머니의 뒷모습

유월의 바람에 어머니를 본다.

보리밭 ┃ 화선지, 수묵, 채색 35.0 x 23.0cm, 2024

그 목소리

저 언덕 너머에서
날 부르는 소리가 들린다

버선발로 뛰쳐 나와
거친 손으로 내 손 덥석 잡고
안아주시던 외할머니

내 강아지 왔구나
예쁜 내 강아지 왔구나
배고프것다
얼른 따순밥 해먹자 잉

귓전에 맴도는 그 목소리

그 목소리 | 화선지, 수묵, 채색 47.5 x 34.5cm, 2024

동박새

마음에 그늘이 내리면 동백꽃 숲으로 향한다
수줍은 듯 붉은 얼굴 하고 노란 꽃술 드러내
며
웃는 모습은 세월 지나온
도 깊은 선사가 나를 반기는 것 같다

푸른 하늘에 가지를 걸고
얼굴 내민 동백꽃이 크게 흔들려
숨죽이고 살펴보니 동박새와 한몸이다
저 모습 그림으로 답할 수 있을까

동박새에게

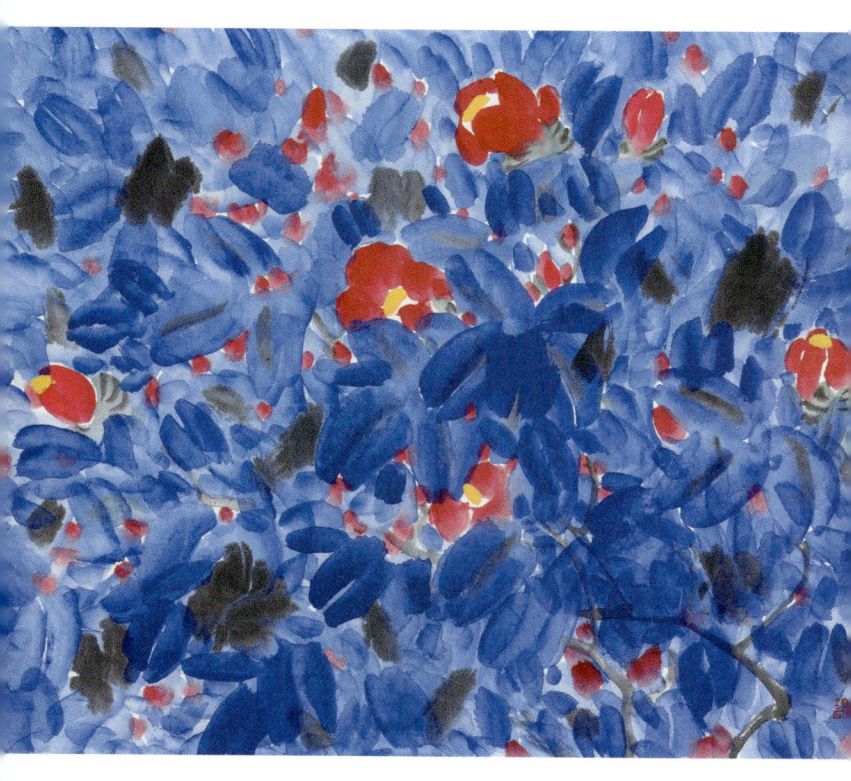

동박새 | 화선지, 수묵, 채색 48.0 x 35.0cm, 2024

3월 5일

오늘은 경칩날
24절기 중 세 번째 절기

대지도 하늘도 흔들거린다
새로운 세상을 맞이 하기 위해

동안거에 들었던 개구리
면벽 정진을 끝낸후
무문관 박차고 뛰쳐 나온다

우리 다시 시작하자고
더 멀리 뛰어보자고
저기 세상 너머까지

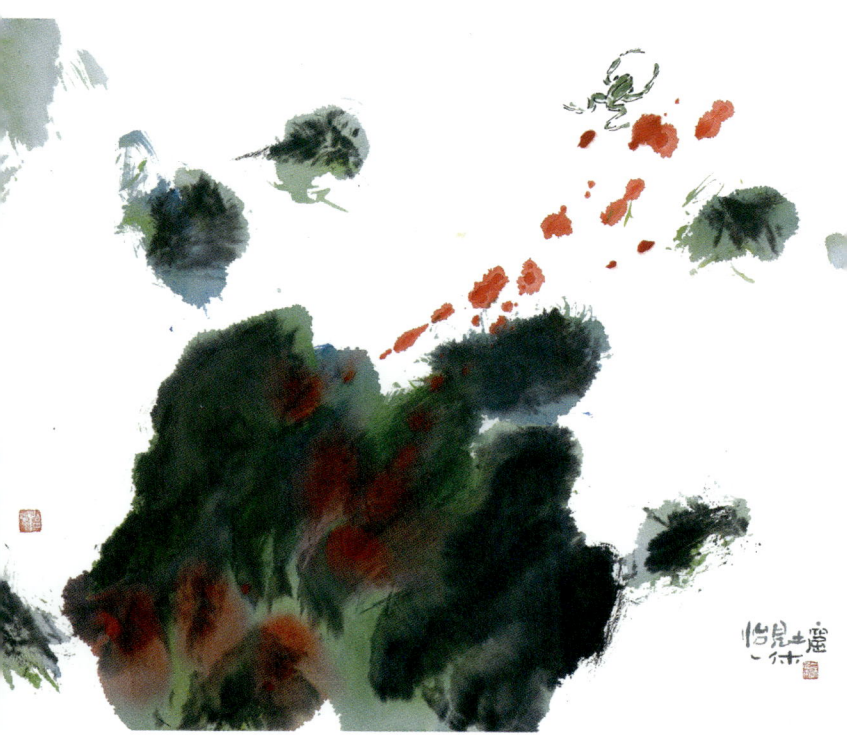

3월 5일 | 화선지, 수묵, 채색 | 48.0 x 35.0cm, 2024

무지개재

푸른 바람이 부는 날에는
무지개재를 오른다

재너머에 펼쳐지는
바깥 세상 궁금해

막상 올라 바라보니
내 마음안 세상이다

무지개재 ┃ 화선지, 수묵, 채색 ┃ 21.5 x 47.5cm, 2024

겨울밤

풍경소리는 눈길 헤매다 잠이 들었다
달빛은 대숲에 뒹굴다 잠이 들었다

쉽게 잠들지 않는 이 밤
깊은 고요에게 나를 맡긴다

겨울밤 | 화선지, 수묵, 채색 | 43.0 x 31.0cm, 2024

이견토굴怡見土窟

내가 사는 작은 토굴에서는
있다 없다 불편하다 편안하다
외롭다 즐겁다라는 경계가 존재하지 않는다

오직 자연이 설 하는 무진법문 들으며
새벽별에 마음 빛 밝히는 일이
여기에 사는 즐거움이다

이견토굴 ┃ 화선지, 수묵, 채색 ┃ 43.5 x 34.5cm, 2024

물처럼

바위처럼 무거운 아상
물처럼 흐르고 흘러

어느 강변 모래로 태어나
풀 한포기라도 키워내고 싶다

물처럼 | 화선지, 수묵, 채색 | 44.0 x 35.0cm, 2024

길 끝나는 곳

두려워 할것 없이
누군가 내어준 길 따라

바람 가듯 물 흐르는 듯
가보자 가보자

길 끝나고
길은 또 이어질 것이다

길 끝나는 곳 ∣ 화선지, 수묵, 채색 ∣ 38.0 x 23.0cm, 2024

텅 빈 소리

폭포의 물줄기 소리는 산을 덮는다
비우고 비워냈기에 소리가 크다

온몸 던져 가장 낮은 자리로 가
흐르는 물이 되소서

무심코 돌아본 하늘엔 해오라기 세 점 네 점

텅 빈 소리 I 화선지, 수묵, 채색 I 43.5 x 35.0cm, 2024

제2부

—

달빛 밤

휘영청 밝은 달빛은
빈 바다를 비추고

파도속 꿈틀거리는 작은 배는
떠나온 집으로 향하는 밤

달빛 밤 | 화선지, 수묵, 채색 | 47.5 x 35.0cm, 2024

흐르는 물

흐르는 물에서 향기가 난다
꽃들이 몸을 씻었나 보다

흐르는 물 l 화선지, 수묵, 채색 l 50.5 x 35.0cm, 2024

파도

바다는
때론 거친 파도를 만들어도
그의 본성은 고요하다

사람의 마음도 바다와 같다
시시때때로 출렁이나
본디 그 마음 자리는 고요하다

유난히 어둡던 지난 밤
내 마음자리는

파도 | 화선지, 수묵, 채색 | 46.0 x 35.0cm, 2024

진달래

알만한 향기 찬바람 밀어내고
마당에 서성인다
그 향기 따라 길 나섰더니 낮은 언덕 위
진달래가 반긴다
어린시절 한 움큼 뜯어 입에 넣고 즐겨먹던
진달래 그 모습이다
이제는 꽃들에게 시선과 마음이 오래 머무니
나도 나이가 들었나보다
조심스럽게 한가지 꺾어와 화병에 꽂아 놓았다

참 곱다

진달래 ┃ 화선지, 수묵, 채색 ┃ 54.5 x 34.0cm, 2024

꽃

바람 오니 꽃이 피고
바람 가니 꽃이 진다

꽃 피니 나비 오고
꽃 지니 나비 간다

기쁘다 슬프다
오고 간다도 한마음

꽃 | 화선지, 수묵, 채색 | 36.0 x 14.0cm, 2024

매화

 따뜻한 겨울을 보낸 매화는 꽃도 향기도 쉬
이 주저 않는다
 매화는 시련을 겪으면 겪을 수록 꽃과 향기
는 우아하다
 그 우아함도 세상 모두의 것이다

거친 바람 몸으로 받아
각혈 하듯 피어내는 홍매화

온몸 던진 그대의 정성은
어느 누군가의 희망이다

매화ㅣ화선지, 수묵, 채색ㅣ39.0 x 28.5cm, 2024

그대가 부처

굽이굽이 돌고 돌아
강 건너고 산 넘어
멀리 멀리 왔네

힘들었던 긴 여정도 그림이고
환한 그대도 그림이고
그림 속 부처 그림자는
바로 그대일세

그대가 부처 | 화선지, 수묵, 채색 | 31.0 x 15.0cm, 2024

화양연화花樣年華

꽃들은 자신을 위해 피지 않고
숲은 자신을 위해 가꾸지 않듯

더불어 그려내는 청정무구의 세상
어제도 오늘도 화양연화일세

화양연화 | 화선지, 수묵, 채색 | 31.0 x 15.0cm, 2024

하늘 구름

생은 구름 생겨남이고
사는 구름 사라짐이라

넓은 하늘 끝없이 떠돌다
흘러가는 그의 집은 어딜까 어딜까

하늘 구름 | 화선지, 수묵, 채색 | 45.5 x 35.0cm, 2024

춤추고 노래하고 싶을 때

달 밝은 밤이면
무애가無碍歌를 부르며
무애무無碍舞을 추고 싶다

무엇에도 걸림 없는 그 노래를
무엇에도 걸림 없는 그 춤을

춤추고 노래하고 싶을 때 | 화선지, 수묵, 채색 | 41.5 x 32.0cm, 2024

침묵

침묵
또
침묵 하라

침묵은
내 안이 고요 하다는 것

침묵 ǀ 화선지, 수묵 ǀ 31.0 x 22.0cm, 2024

조고각하照顧脚下

낮은 곳에 시선을 두고
낮은 곳에 마음 두고 살자

발끝에서 꽃이 핀다

조고각하照顧脚下 | 화선지, 수묵, 채색 | 31.0 x 22.0cm, 2024

외롭고 쓸쓸한 그러나 더 따사하고 안온한 경
지를 위하여

이지엽

경기대 명예교수 · 시에그린한국시화박물관관장

『보리밭』(화선지, 수묵, 채색 35.0 x 23.0cm,
2024) 작품을 본다. 보리밭에 보리는 보이지 않
는다. 보리밭의 산에 나무는 물론 숲도 보이지
않는다. 대담하게 보리밭은 노랑 톤이고 산은 푸
른 톤이다. 그런데 보인다. 보리밭의 구릉과 그
늘 진 곳과 보리밭 위를 지나는 맑은 바람과 햇
살, 이윽고 가늘게 이어진 조금 짙은 경계에서는
익어가는 보리들이 보인다… 산은 먼데 산과 가
까운 산, 중간의 산이 다 다르다. 나무와 숲이 처
음에는 보이지 않았는데 가운데 짙은 부분 안에
스며들어 있다. 안개가 이는 모습, 물기 머금은
숲의 나무들, 하늘과 산의 아스라한 경계, 이 모
두가 옆으로 그린 붓질의 농담에 의해 절묘하게
구분되고 있다. 구분되면서도 구분되지 않는 이

아늑함을 무엇이라 명명해야 할까. 김양수 화가는 이 그림에 이같은 시를 썼다.

> 새벽공기 가르는 새소리들이
> 보리밭에 떨어진다
>
> 굽은 지팡이에 의지하며 휘적 휘적
> 보리밭으로 향하시던 어머니의 뒷모습
>
> 유월의 바람에 어머니를 본다.

보리밭에 새소리들이 떨어진다. 아마 그 소리의 물결을 잡고자 했을 것이다. 그러니 보리밭은 좌나 우, 위와 아래가 농도가 다름은 물론이고 흐르다가 멎다가 급해진다. 그 사이를 휘적 휘적 걸어가시던 어머니의 뒷모습을 본다. 유월의 바람이 동행을 한다. 휘적 휘적 젖는 모습과 어머니 옷자락 이는 유월 바람의 살결과 새 소리의 물결이 결을 이루며 보리밭에다 녹아나고 있다. 어머니는 시적화자의 어머니이기도 하지만 우리 모두의 어머니라 할 수 있다. "홀로 우뚝 서서 변함이 없고 두루 다니되 위태롭지 않으니 천하의 어머니라 할만하

다.(獨立而不改 周行而不殆 可吏爲天下母)"말
한 노자의 얘기를 빌리지 않더라도 화가의 작
품에는 화해와 평등이 흐르고 있다. 시로 말하
자면 서정자아와 세계가 완전히 동일화된 세
계를 지향하고 있는 것이다. 한데 어우러져 있
으나 나름의 경계가 있고 경계가 있는 듯 보이
나 하나인 듯 보이는 대자연이 주는 불언지교
(不言之敎)의 참뜻을 담아내고 있는 것이다.

　김양수 화가의 그림에는 이처럼 무위자연
(無爲自然)에 맞닿아 있으며 형체도 소리도 다
없는 적혜요혜(寂兮寥兮)의 세계를 지향하고
있다. 김양수 화백은 2023년 여름, 생각조차
떠올리기 싫은 일생일대의 참화를 겪었다. '고
요함을 잡는 마음의 집'이라는 적념산방(寂拈
山房) 화실을 화마에 통째로 잃었다. 이 눈앞
이 캄캄해지는 소식을 듣고 나는 마음이 너무
아팠다. 평생 목숨만큼이나 아끼던 소중한 작
품들이 하나도 남김없이 다 재가 되고 말았으
니 슬픔을 어찌 말로 다하랴. 시에그린 한국시
화박물관에서 그 이전에 잡아 놓았던 인문학
강좌 특강을 마치고 나는 화백에게 전시회를
제안했다. 이 아픔을 견디는 것이 붓을 잡는

것이라 생각했다. 화가는 그전부터 내가 전시
회를 제안해온 터라 망설임 없이 승낙했다. 시
에그린 문학의 집에 숙소를 마련하고 제안까
지 했으나 그는 한사코 적염산방 근처 콘테이
너 박스에서 겨울을 나며 이 전시회를 준비했
다. 콘테이너 박스에서 살이 터져나가는 듯한
추위와 싸우며 그는 무슨 생각을 했을까. 나
는 적어도 그 뼈를 에는 듯한 슬픔이 그의 작
품에서, 그림과 글에서 쏟아져 나올 것을 기대
했다. 그러나 나는 막상 작품들을 대면하고 깜
짝 놀라지 않을 수 없었다. 첫 번째의 놀람은
그의 그림들이 너무 평온하고 아늑했으며 시
는 부드럽게 세상을 껴안고 있기 때문이었다.
어떻게 그 큰 아픔을 목도하고도 이렇게 천연
스러울 수가 있는가. 나는 전율하였다. 그러나
그는 그런 사람이다. 그는 매화를 소재로 통
도사에서 천연불(天然佛) 전시회를 열기도 했
지만 그 스스로가 천연불이라는 생각을 지우
기 힘들었다. 작품과 혼연일체가 된 묵언수행
의 깊이가 헤아릴 수 없는 깊은 무궁에 닿아있
음을 절감하였다. 그리고 다시 작품을 보았다.
그 작품들에는 화마의 아픈 기억과 상처가 다

녹아 바람처럼 흐르고 있었다. 산의 푸른 울음
으로, 보리밭의 노란 절망으로 녹아나고 있었
다. 내가 두 번째 소스라치게 놀라지 않을 수
없었다. 그는 이 큰 아픔을 녹여내 우선 자신
을 온전히 치유하고 있었던 것이다. 마치 수원
의 박영복 중진화가가 일생 모든 것을 담은 화
실 세 칸과 작품 2,000점을 태풍 매미로 다 앗
겼을 때 마대자루를 붙인 캔버스에 꽃 그림 연
작을 그렸던 것처럼. 그는 다 쓸려간 곳에 마
을 사람들이 와서 꽃을 심었는데 그것이 눈부
시게 아름다워 미친 듯 그것을 그렸다 했다.
나는 그때 박영복 화가의 개인전을 열고 도록
을 내주고 여기저기 부탁해서 그림을 모두 팔
아주었다. 그런데 지금의 나는 직장도 정년퇴
직하고 도움의 손길을 구할 곳이 딱히 없다.
이 전시회를 열고 시집을 내주는 방법밖에는.
그래서 오늘 새벽에 일어나 이 글을 쓴다. 이
글을 읽는 독자들이 힘을 모아 김양수 화가의
마음을 일으켜 세워달라고. 무슨 방법이 가능
할까. 없는 듯하지만 힘을 합하면 불가능은 없
다. 방법은 의외로 간단하다. 이글을 읽는 사
람들이 이 시집을 한 권씩 사주고 지인들에게

도 권하면 된다. 열 권이 백 권이 되고, 천 권이 만 권이 되면 기적은 이루어진다. 나는 이 책이 팔린다면 지금까지는 평생토록 남의 마음에 평화와 사랑을 전해준 화가의 마음을 조금이나마 위로해주고 싶다. 그는 분명 일어설 것이다. 높고 외롭고 쓸쓸한 그러나 더 따사하고 안온한 경지를 우리에게 펼쳐보일 것이다.

열린/시/학/시/와/그/림 선·1

산아래 집 짓고
새벽별을 기다린다

초판 1쇄 발행일 · 2024년 07월 10일

지은이 | 김양수
펴낸이 | 송지훈
펴낸곳 | 예숲출판사

출판 등록 2020년 3월 6일 제2020-000027호
03678 서울시 서대문구 증가로 29길 12-27, 101호
전화 | 02-302-3144
팩스 | 02-302-3198

ISBN 979-11-6724-185-6(04810)

2024 등록 사립미술관·박물관 운영보조금 지원사업으로 발간되었습니다.